쌀의 노래

마이노리티시선 26

쌀의 노래

지은이 〈객토문학〉 동인

펴낸이 장민성, 조정환
책임운영 신은주 편집부 오정민 마케팅 정현수

용지 화인페이퍼 인쇄·제본 한영문화사 출력 경운출력
펴낸곳 도서출판 갈무리 등록일 1994. 3. 3. 등록번호 제17-0161호
초판인쇄 2007년 9월 15일 초판발행 2007년 9월 29일

주소 서울 마포구 서교동 375-13호 성지빌딩 101호
전화 02-325-1485 팩스 02-325-1407
website http://galmuri.co.kr e-mail galmuri@galmuri.co.kr

ISBN 978-89-86114-49-2 04810 / 978-89-86114-26-7 (세트)

값 6,000 원

* 이 시집은 경상남도 문예진흥기금 일부를 지원받아 출간되었습니다.

이 도서의 국립중앙도서관 출판시도서목록(CIP)은 e-CIP 홈페이지(http://www.nl.go.kr/cip.php)
에서 이용하실 수 있습니다(CIP제어번호: CIP2007002848).

쌀의 노래

객토문학 동인 시집

갈무리

지루한 장맛비가 연일 이어집니다.

가늘게 내리는 비속에서 논 가운데 노인 한 분이 비옷을 입고 엎드려 있습니다.

논매기를 하는 사람 또한 한포기의 나락같이 비에 젖고 있는 풍경이 애잔합니다.

수 천 년 전부터 인간의 뼈이고 살이 되어 오늘도 들녘을 풍요롭게 하는 "쌀" 버릴래야 버릴 수 없는, 뗄래야 뗄 수 없는 쌀과 인간, 인간과 땅 사이에서 인간이 겸허한 마음으로 엎드립니다. 땅이 됩니다. 목숨이 됩니다. 정신이 됩니다.

산업화와 도시화의 현실 속에서 한 쪽에서는 비가 오기를 기다리고 또 다른 한 쪽에서는 빨리 그치기를 기다리는 것과도 같이 어디에도 꼭 이것이라야 한다는 말 쉽게 할 수는 없습니다. 단지, 중심을 어디에 두느냐에 따라 생각의 차이는 생기기 마련이겠지요.

하지만, 꼭 이것이다 라고 말해야 할 것들이 있습니다. 목숨 걸고 지켜 내어야 할 것들이 있습니다. 민생안정, 빈부의 격차 해소, 비정규직의 정규직화, 노인복지, 실업구제 등 너무

나 많은 것들이 우리 주변에서 꼭 이루어 내어야하고 지켜야 할 것들입니다. 그중 농업, 농촌, 쌀을 지켜내어야 하는 것도 지금 우리가 해야 할 일입니다.

세계화 개방화로 휩쓸려 떠내려가면서 한·칠레FTA, 한·아시아FTA, 그리고 한·미FTA, 한·유럽FTA 줄줄이 이어지는 FTA 급류를 타고 조국은 난파선이 되어 흔들리고 있습니다.

농업. 농촌뿐만 아니라 경제 전 분야에 걸쳐 수 만여 품목들이 해일과도 같이 쏟아져 들어오고 있습니다. 이러한 가운데서 우리는 많은 것들을 지켜 내야 하겠지만 가장 우선 되어야 할 것은 식량이라고 생각 합니다. 자급자족을 지켜 내지 못하면, 식량주권을 지켜내지 못하면 나라의 경제주권마저 빼앗길 것이 분명합니다. 식량안보, 식량주권이라는 말이 현실화 되고 있습니다. 지금도 종자를 가지고 로열티를 받는 세상입니다만 우리가 우리 쌀을 지켜내지 못하면 미래에는 비싼 로열티를 지불하고 쌀을 사먹어야 되는 결과가 벌어질 것입니다.

들판에 곡식들이 열매 맺는 계절입니다.

한 톨의 곡식을 더 거두기 위해 새벽부터 분주해야 할 농촌에 사람은 보이지 않고 집회를 알리는 현수막만 흔들리고 있습니다. 무엇이 삽과 낫이 아닌 머리띠와 두 주먹을 불끈 쥐게 했습니까? 자본, 거대 자본과 결탁한 강대국과 목숨을 걸어놓고 한판 게임을 해야만 합니다.

가만히 앉아서 당할 수만은 없습니다. 부모님이 계신 그

곳, 우리의 고향이자 우리의 정신인 저 들녘을 지켜 내어야
합니다.

 객토문학 동인은 배달호 열사 추모시집 이후 현실의 첨예
한 문제들을 매 시집에 기획을 넣어 만들어 왔습니다만 올해
에는 한·미FTA반대와 관련하여 쌀을 주제로 기획을 잡아
동인들은 물론 전국의 문인들에게서 받은 글로써 한 권의 시
집을 만들었습니다.
 이번 기획에 흔쾌히 동참해 주신객토문학 동인을 비롯한
34분의 시인님들께 다시 한번 고마움을 전합니다. 그리고 원
고를 주신 후 안타깝게 지병으로 운명하신 고 정규화 선생님
의 명복을 빕니다.

2007년 7월
객토문학 동인

차례

책을 내면서

고영서

오후를 쟁기질하다

거꾸론 본 세상 누렇게 뜬다
요가원 바닥에 누웠다가 쟁기로 뻗는데
소를 몰고 가는 아버지 워낭소리 들린다
알알이 굵은 양파밭을 갈아엎고
무 배추 마늘 다 갈아엎어도
넘실대는 황금 들 차마 엎지 못했다
불을 뿜고 뱉어낸 연기 속에서
아버지 뻐끔뻐끔 다 타오른다
몇 장의 유서를 남기고 간 가을
성난 트랙터 귓가에 윙윙댄다
이렇게 우스꽝스런 체위로
내일은 무엇을 먹어야 하나
워낭소리가 상여를 끌고 솟구치는 하늘에
부러진 보습의 녹물이 흥건하다

쌀,쌀, 해도 부자, 당당 멀었지

다섯 살 너와 유치원 가던 길이었구나. 나는 단지 얇은 옷깃을 여미고 날씨가 쌀쌀 하다 한 것뿐인데, 가던 길 멈추고 고개를 한껏 뒤로 젖히며 쌀, 쌀? 하고 너는 되뇌었었지. 그러면서 한 말이 뭐였게? 하늘에서 쌀이 마구 떨어져? 그러면 우리 부자 되겠네! 양 팔 가득 둥근 원을 그리며 너는 쌩뚱맞게 배가 불렀지. 벼를 쌀나무라 부르지 않고 지렁이와 거머리도 무서워하지 않고 장난감처럼 쥐고 주무르고, 새참 먹는 틈을 타 고스레도 할 줄 아는 너를 누가 도시 아이라 그러겠니. 너는 갓 패어난 연둣빛 벼모감, 껑충한 키로 엄마를 내려다볼 줄도 아는 나이. 10년 전 얘기야 그렇다 치고, 햄버거에 피자 돈가스만 찾는 건데 아침마다 화장실 독차지 하고 변비 아니면 설사인 건데 차려놓은 밥 고스란히 밥통에 쑤셔놓고 학교에 갔구나.

고영서 1969년 전남 장성 출생. 2004년 광주매일 신춘문예로 등단. 시집 『기린 울음』 등이 있다.

고증식

귀 막고 가겠다

빚진 돈 갚고 나면
두어 마지기 다랑논을 사겠다
혁신도시도 아니고
행정도시 따윈
더더욱 오지 않을 골짜기
철심 같은 푸른 모를 심겠다
햇살 쨍쨍한 무논 가득
또랑또랑 이삭들 차오르고
흰 쌀밥 고봉으로 지어
아버지 무덤 앞에 바치겠다
통일벼 심어라 통일벼 심고
올벼 늦벼 지엄하신 분부 받들어
한번도 피어보지 못한 아버지
당신처럼은 살지 않겠다
내 땀으로 지은

찰진 밥 한상 차려들고
남은 길, 귀 막고 걸어가겠다

고증식 1959년 강원도 횡성 출생. 1994년 『한민족문학』 4집으로 작품 활동 시작. 시집
으로 『환한 저녁』, 『단절』 등이 있다.

권혁소

노숙농성

미안하다 동지여,
살을 태우며 죽어간 그대가
그토록 마시고 싶어 했던 생수로
양치를 했다

그러면서도
바른말,
하지,
못했다

폴리스 라인

폴리스 라인,
아름다운 질서의 또 다른 이름입니다

국민이 힘들 때,
제일 먼저 생각나는 친구가 되고 싶습니다

농성장을 가로막고 선 경찰 버스에 그렇게 쓰여 있다

정녕 그렇다면
라면 국물 함부로 하수구에 버리지 마라

목련꽃도 다 진 계절
대낮에 시동 켜고 혈세를 낭비하지 마라

단 한 번도 진정한 민중의 울타리가 된 적 없으면서
천막 함부로 뜯지 마라

그러니 그것은 질서라는 이름의 또 다른 폭력
깃발 들었다고 가는 길을 막지 마라

권혁소 1984년 시전문지 『시인』에 작품발표 시작. 1985년 〈강원일보〉 신춘문예 시 당선. 시집 『과업』 외 다수가 있다.

김영곤

대한의 농토

나라경제 부흥을 핑계 삼아
이 땅 민초들을 수갑 채우고
미국과의 FTA에 악수 청하며
소탐대실한 우리의 위정자들
그분들 큰일 해낸 염려덕분에
촌엔 분노의 절망만 적치되니
아! 빛 좋은 개살구 마냥
야금야금 썩어 들어가는
우리의 뿌리
농자천하지대본이야
이젠
민초들의 꿈 잔뜩 멸구 들어
거친 땅에 쓰러지기 직전이니
우리 쌀 말로만 우리 쌀
지켜내겠다는 당찬 그 말씀
그마저도 귓가에 쟁쟁하여
아뿔싸!

쌀

귀신 씨나락 까먹는 그 소리
빈들 울린 허울 좋은 메아릴세
보릿고개에 쌀은 없었다
채 익지 않은 풋보리를
마른 솥에 덜덜 볶아
젠 종일 디딜방아를 들어올린
어머니의 다리품만 있었다.
주린 배, 목을 가늘게 빼고
하늘만 바라보던 그 때가
불과 자고 일어난 전날인데
이젠 잊었다

오늘, 우리들
쌀이 보릿고개를 눌렀다고
승리의 쌀 막걸리에 취해
만세를 부르고
농토를 갈아 공장을 세웠다
그리고 바다 건너 사람들과

부지런히 악수를 청했다

정녕! 쌀이
보릿고개를 이겼을까
디딜방아 세차게 들어올린
어머니의 튼튼했던 두 다린
이미 수입된 국적불명의
관절염에 절룩거리니
차라리
배고파 슬퍼했던 그날을
되새김질하자
오로지
우리 몸에 우리 쌀 이것만
품질 좋은 처방약임을!

김영곤 한국문인협회 회원, 민족문학작가회의 경남작가 이사, 경남문인협회 이사, 경남문학관 이사, 의령문화원 이사, 의령신문 지면평가위원, 의령문학회 2대 회장 역임, 의령문인협회 초대회장 역임했다. 제1회 엽서문학상 수상. 시집 『골목길』이 있다.

노민영

텃새 울음

도시에 막힌 작은 들판
무논갈이 새 흙살을 바른
등 굽은 논두렁이
두들겨 맞는다.

도시 사람들이
무심코 짓밟은 발자국마다
삽으로 두들겨 맞는다.

철썩철썩 무논이 울 때 마다
삽자루 움켜쥔 주인마냥
텃새 울음을 삼키는 것은
나도 한 때 촌놈이었기 때문이다.

알박기

멧새 둥지에
뻐꾸기가 알을 박으면
멧새 품에서 알 깬 뻐꾸기새끼
멧새 알을
둥지 밖으로 밀어 낸다.

멧새의 모이를 먹고 자란
살진 뻐꾸기 새끼
하늘을 날아오르면
뻐꾸기 날아간 둥지에
싸락싸락 서리가 내리고
멧새의 나라에도 텅 빈 가을이 온다

노민영 방송대 국문학과 재학. 〈길샘문학회〉 회장이다.

맹문재

어머니가 쌀을 부치는 이유

어머니는 때가 되면 쌀을 부친다
수고로움을 덜어드리기 위해
서울에서 쌀을 사먹겠다고 하면
역정을 낸다
평생 농사밖에 모르는 당신의 권리라도 된다는 듯
그만두지 않는다
사실 도로 확장이며 모텔 공사로 인해
농사가 될 만한 논은 거의 잃었고
멀리 떨어진 곳은 힘에 부쳐 짓지 않는다
함께하는 이웃들도 없다
어수룩한 사람들이지만 논을 부치는 대신
모텔이나 식당에 나가 일하는 것이
쌀을 더 수확할 수 있다는 것을 안다
어머니는 그 일도 감당하기 어려워 못하고
밭일이나 조금 하면서
자식들이 부쳐주는 용돈을 모아 쌀을 사는 것이다
자식들에게 수입쌀을 먹이지 않기 위해

누에에게 뽕잎을 먹이듯
이리저리 신신당부를 해 부치는 것이다

달밤

차들이 도로를 질주하지만 길갓집 개가 짖지 않는다
평생 맨손으로 일궈온 농부들의 논이 관광지가 된 지 10여
년, 풀숲의 벌레들도 신경 쓰지 않는다
파수병 역할을 하는 앞산의 소쩍새도 기척이 없다

길가의 논마다 또 세워진 붉은 푯대, 도로 확장이며 모텔
공사의 예정을 알려주고 있다
벼 대신 옥수수들이 시한부로 논을 채우고 있다

또 한 대의 차가 달려온다
논 한복판에 서 있는 전봇대도 관심이 없다는 듯 먼데를
본다

농약 마시고 죽은 농부들의 이야기가 논 귀퉁이에서 삭는
달밤이다
텔레비전의 수입쌀 뉴스가 며칠째 마을을 울리는 달밤이다

맹문재 시집 『먼 길을 움직인다』, 『물고기에게 배우다』, 『책이 무거운 이유』, 시론집 『
한국 민중시 문학사』, 『패스카드 시대의 휴머니즘 시』, 『지식인 시의 대상애』, 『현대시의
성숙과 지향』 등이 있으며, 현재 안양대 국문과 교수이다.

문동만

슬픈 계급

지하 없는 지상이 어디 있겠느냐만,

지하 2층 고압 변전실에서는 전기실 직원 둘이
새벽 꿀잠을 자다 억지로 일어난다
지하1층과 지하 2층 계단 사이 쪽방에는 기관실 직원
둘이 새벽 쪽잠을 자다 발자국 소리에 덩달아 깨어난다

부탁이니, 제발 계단을 내려갈 때 도둑놈처럼
살살 다니라고 그런다. 그러며 꼬질꼬질 냄새나는
오수汚水가 흐르는 개수로를 따라 간다
금세 오줌발 소리가 '씨발' 소리와 섞여 시원타

지하 없는 지상이 어디 있겠느냐만,
지하실에서 하루를 버티면 지상으로 출감할 하루치의 자
유만 있다

지하 없는 지상에 어디 있겠느냐만, 있겠느냐만

다시 석관石棺 같은 작업장으로 돌아와
습기와 곰팡이, 석면 먼지와 고압의 전자파로 오염된 지
하를
사수하는 하루치의 노역만 있다

그들은 죽으며, 제발 지하에 묻지 말라고 할지도 모른다
무덤을 밝은 허공에 전구처럼 달아달라고 할지 모른다

변기가 막혔다고 신참C가 새벽바람에 세대로 불려나간다
하늘색 작업복 앞단추가 제 구멍을 못 찾고,
썩은 내장마냥 터져 나온 런닝구가 비상구 불빛에 희뭇
하다

출옥계단을 오르던 발자국이 미끄러졌다

지상 없는 지하가 어딨냐고 그 큰 무게로 꾹꾹 눌러대는
지상의 상전들, 지하의 몸은 부침개처럼 쭉쭉 훌렁 뒤집힌다.

대추리에서

황새 부리에 찍힌 우렁이여
우리 다시
그 아름다운 밥 먹는 일 볼 수 없다면

문동만 1994년 〈삶 사회, 그리고 문학〉으로 등단. 시집 『나는 작은 행복도 두렵다』 등
이 있다.

문영규

쥬라기 공원

「쥬라기 공원」
그기에 나오는 사람들의
생사를 건 싸움을 보신 적이 있습니까?
무시무시한 육식공룡
지금 이 땅에
공룡이 부화 중입니다
거대한 자본의 육식공룡,
바로 이 순간 우리 곁에서
공룡 알이 부화중인 걸 알고 계십니까?

개방은 경쟁을 낳고
경쟁은 다시 효율을 낳아
모두가 잘 살 것이란 말대로
우리는 공룡과 경쟁해서
반드시 효율을 낳아야만 합니다
그렇게 하지 못할 때

이 땅에는 독점만이 남을 것입니다

빈부격차도 없고 실업도 없는,
의료비 걱정 노후 걱정도 없는
효율을 위한 한미 FTA는
육식공룡과 한 마리 양의 경쟁입니다
무한 경쟁입니다

오늘 산부인과에서 태어난
도원이는 아직 눈을 뜨지 못합니다
고사리 손을 움켜 쥔 채
바르르 떨면서 울고 있었습니다
두 발바닥 도장을 보니
이 발바닥으로 딛고 설 장차 이 땅이
다국적 거대 자본에게
독식된 땅일지도 모른다는 생각에
참으로 두려운 생각이 들었습니다

다시 모내기 철
농부들은 여전히 모내기를 합니다
모내지 않은 논을 차마 두고 보지 못하여
다만 모내기를 할 뿐입니다
이런 모내기 일지라도
이 땅에서 언제까지나
모내기를 할 수 있었으면 좋겠습니다

방금 모내기를 끝낸 어린 모들이
아직 눈을 뜨지 못하고
고사리 손을 움켜 쥔 채
바르르 떨고 있습니다

쌀

'쌀'이라고 말한다
'쌀'이라고 말하고 나니
어머니 얼굴이 떠오른다
'어머니'하고 불러본다

쌀은 살이다 뼈이다
나의 뼈를, 살을 낳으신 어머니
쌀로써 키워주신 어머니
저기 어머니께서 흰 쌀밥을
고봉으로 담은 들밥을 이고
논둑길로 오신다
쌀은 어머니 마음이다
어머니 젖줄이다

쌀은 세상이다
우리가 자란 고향의 품이다
쌀을 지키자
쌀을 말하자

그 쌀이 지금 불타고 있다
어머니께서 그을린 얼굴로
검은 쌀을 움켜쥐고 우신다
이제 말하자
쌀을 말하자

WTO가 주도하는 FTA
이 막강한 배경을 가진 다국적기업들은
세계 식료산업을 통폐합, 단일화 시키고
종자까지 장악해서
인류의 식생활 전체를
완전 종속시키려 하고 있다

이것은 우리쌀의 사형선고다
우리 논밭에 일식이 시작되는 것이다
빙하기가 시작되는 것이다
우리의 고향을 지키자
쌀을 지키자

쌀을 말하자

쌀을 말하기 위해
잠시 굶기로 하자
절실히 쌀을 느껴보자
더욱 똑똑히 쌀을 보기로 하자

어머니께서 기다리신다
더운 밥 한 그릇 아랫목에 묻어두고
이제나 저제나하고 기다리신다

한동안 어머니를 뵙지 못했다
굶은 지 이주일째다
아! 어머니가 끓여주신
흰죽 한 그릇 먹고 싶다

문영규 경남 합천 출생. 1995년 마창노련 문학상 받음. 시집 『눈 내리는 저녁』 등이 있으며, 경남민족문학작가회의 회원, 객토문학 동인이다.

박구경

쌀과 고모와

 내 고향 산천에 비 오는 날 고모가 죽으면 쌀이 죽고 쌀이
죽으면 고모가 팍 죽는다

 사촌도 이모도 고종 당숙 아무도 없이 다만 홀로인 아이가
벼 모가지 한 포기 없는 논바닥 한복판에서 표정마저 없다

 내 고향 산천에 눈 퍼붓는 날 쌀이 죽으면 고모가 죽고 고
모가 죽으면 쌀이 영 끝나고 만다

 고모가 있어야 고종이 있고 고모가 있어야 고모의 오빠가
있고 고모가 있어야 밥을 먹는 조카 표정이 밥 먹을 때마다
행복하다

 내 고향 산천에 눈 내리거나 비 내리거나

박구경 민족문학작가회의 경남작가회의 회원. 시집 『진료소가 있는 풍경』 등 다수가 있
으며, 얼토 동인이다.

박덕선

불가사리

아버지 이제 그만 경운기에서 내려오세요
비탈길 내닫다 또 허리 다쳤다면서요.
그놈 콤바인도 한 대 쌀이 백섬이라는데
어쩌자고 기우뚱.

온 산 밭 엉머구리처럼 솟는 풀
그 수푸렁에 기대고 앉아 열매나 땁시다.
반은 벌레주고 반만 떨어 먹으면
삼시세끼 입 풀칠 면키는 마찬가진 것을

예초기 그 넘
속아지가 도마뱀 꼬리 같아서
여차하면 제 살 날려
아버지 허벅지 먹고도 빛도 안변하던
문명국 자본 같은 파렴치한

선진영농 기계화에
눈 잃고 다리 힘줄 잃고 장애가 몇 등급인데
한 해 쌀값 다 털어도 그 기계 값 못 댄다는
농자천하지대본 다 먹고도 헛헛한 불가사리
그놈 뱃속 같은 자본주의

쌀이고 목숨이고
미안하지만 다 바치라는 경쟁력
FTA라는 만능기계가 나왔단다고.
아버지.
그것도 사라는 데는 어쩔 수 없다고요?

박덕선 1963년 경남 산청에서 태어났다. 경남민족문학작가회의 회원, 살류쥬 동인이다. 숲 해설가로 활동 중이다.

박만자

농민으로 산다는 것

단비를 기다리는 어린모의 목에
비수를 꽂듯
자유무역협정은
흙에서 배우고 흙에서 익히며
흙에서 살아가고 있는
농민의 가슴을 찢어 놓고 있다

뼈 빠지게 일해도 대학등록금 내기도 빠듯하고
마흔이 넘도록 총각딱지 못 땐
자식을 보면서도
농촌을 버릴 수 없는 것은
평생의 직업이기 때문이다

장마에 논이 잠기고
태풍에 한해농사 날려도
또 씨앗을 뿌리는 것은

멸종위기에 다다른
우리 것을 지키기 위해서다

빵에 밥이
커피에 숭늉이
오렌지에 감귤이 잠식되어가도
모를 내고 감귤을 재배하고 숭늉을 끓이는 것은
농민의 자리를 지키기 위해서다

봄 해살만큼만

축축히 내려준 봄비에 명주 아저씨는 바쁘다

잘 다듬어진 못자리에는
하나 둘 모판이 올려지고 있다
갓 태어난 아기를 안은 듯
가득한 웃음이 밀짚모자 그늘에 가려져 있다.
'저 모를 옮겨심기나 할라나, 품삯은 몰라도 비료비나 나올
라나?'

다들 벼농사를 제치고 비닐하우스에 매달려도
그래도 벼농사가 최곤기라
고집하며
제일 먼저 못자리를 만드신다.
막걸리 한 잔 받으시는 손은 굽어져
펴지는 손가락이 없다
어깨허리가 쑤셔도 의사가 따로 없다
삽 들고 들에만 나가면 다 낫는단다

추곡수매가 어렵다는 아들의 걱정에도
말없이 못자리 앞에 서서
먼 산을 향해 담배연기 내뿜는
입술이 떨리고 있다

박만자 경남 밀양에서 태어남. 웅변인으로 2003년부터 객토문학 동인에서 활동 중이다. 1997년 세계한민족 우리말 웅변대회에서 대통령상 수상했다. 현재 창원 상남동에서 「박만자스피치교육원」 운영, 스피치 교육용 『리더를 위한 스피치』 발간했으며 창원대학교대학원 졸(문학 석사).

박영희

農者天下之貸本

염습할 적 죽은 입에 생쌀을 한 주먹 집어넣자 화색이 돌던
할아버지

벼농사에 당신의 전부를 거셨던 아버지

그 쌀을 빼앗긴다면 새편들 쌀을 잃어버린다면 나는 돌아
가지 못하리라, 고향에.

잠언 32장

첫 번째 타협은 손을 내밀면 되나 두 번째 타협은 고개 숙이게 하고 세 번째는 허리 조아리게 하며 네 번째는 짓밟힘을 당하나니 너희는 자식 잃는 피눈물을 쏟을지라도 옳지 않은 것에는 처음부터 세세토록 손을 내밀지 말찌니라

박영희 전남 무안에서 태어났다. 1985년 문학 무크 『민의(民意)』 3집으로 작품활동을 시작하였으며, 시집으로 『팽이는 서고 싶다』, 『즐거운 세탁』 등, 시론집 『오늘, 오래된 시집을 읽다』, 평전 『김경숙』, 르뽀집 『길에서 만난 세상(공저)』, 『아파서 우는 게 아닙니다』 등이다.

박일환

벼꽃

벼는 패고 벼꽃은 피었는데
논틀에 누워 잠든 저 사내
일어날 줄 모르네
허연 눈자위
널브러진 농약병
신음마저 잦아든 풍경을
뜨거운 해의 혓바닥이 핥고 가네

나라마저 포기한 땅에서
논물이 마르듯
희망은 갈수록 오그라들고
껍데기만 남은 육신
이제사 훌쩍 벗고 가셨는가

상엿소리
논두렁을 타고 넘는 동안

희망을 잉태하지 못하는
불임의 벼꽃들만
안쓰럽게 흔들려쌓고
상여꾼들 중에
누가 또 논틀을 베고 누우려는지…

돈 줄 테니 농사짓지 말라는
저 망발의 혓바닥을 뽑아
염천 하늘 아래 패대기치고픈,
목울음
목울음만
쉬어터지는
질긴 여름날

박일환 1997년 『내일을 여는 작가』 등단. 시집으로 『푸른 삼각뿔』이 있다. 현재 『삶이 보이는 창』 편집인이며, 청소년문예지 『푸른 작가』 편집주간이다.

박종국

쌀밥에 대한 추억

얘들아, 내가 서캐머리 시절
송이눈처럼 하이얀 쌀밥을 구경하기란 하늘에 별 따기였지
지지리도 가난했던 그때
일 년 열두 달 쌀밥 지은 적이 다섯 손가락을 꼽을까
할아버지 할머니 그 할아버지와 할머니 제삿날
추석과 설날 아버지 생일 날
그런데도 너희들은 절절한 내 얘기에도 시큰둥하였지
쌀밥 안 먹어도 대신 먹을 게 많다는 것이냐
배고파보지 않아서 주렸던 기억을 모른단 것이냐
그랬을 테지
갖가지 먹거리가 지천인 지금
단지 쌀밥 없어도 먹을 게 넘쳐나니까
내 말이 곧이듣지 않았을 게야
그래, 수형이 말마따나 밥 없으면
사발라면 끓여먹으면 돼
그러나 생각 해 보련?

아버지의 아버지 또 그 아버지의 아버지 때부터
우리네 속아지는 쌀밥이 편안하였고
김치 된장 하나면 쏭쏭 구수한 방구를 끼었지
그런데 요즘은 어떻냐
패스트푸드로 한달음에 배 채우고
가공식품에 길들여진 지금의 방구는 냄새가 고약타
밥을 꺼려했던 탈이다
쌀밥에 대한 추억을 잊고 사는 까닭이다.

박종국 경남 창년 출생. 박종국의 교육이야기(수필집) 『제 빛깔 제 모습으로 함께 나누는 사랑은 아름답다』, 『하심 下心』 등이 있다. 경남민족문학작가회의 이사, 객토문학 동인, 창녕문학회 회원, 우포생태문학제 제전위원이다.

배재운

다랑논의 노래

발갛게 익은 까치밥이 정겹던 감나무에
멧비둘기 소리 쓸쓸하고
기울어진 처마 끝에 옥수수 두어 자루
제 몸을 흔들어
기약 없는 시간을 재는,
개방이 훑고 간 산골은 무덤처럼 고요합니다

땀방울로 일궈놓은 산밭은
잡초 속에 묻힌 지 오래고
이젠, 수천 년 우리겨레를 지켜준
우리의 생명줄인
저 넓은 들녘마저 위태롭습니다

지구는 날로 뜨거워지고
자연재해는 늘어만 가는데
어리석게도

눈앞의 미끼에 눈먼 붕어처럼
우리는,
우리의 생명줄을 놓으려 하고 있습니다

안타까운 마음들이 소리칩니다
우리 쌀을 지키라고
칡넝쿨과 억새들이 차지한 다랑논에서
쌀 쌀 하고, 바람도 소리칩니다

마령재

높은 하늘이었을까
여물어 가는 가을빛이었을까
쉬 넘지 못하고
쉬어 가는 고갯길

고추밭에
빨간 고추잠자리 따라
종종 뛰노는 아이들
언제부터인지 할아버지 한 분
하염없이 바라보고 있었네

산 아래 마을은
아득히 먼데
아이들 소리 반가워서
그냥 올라와 봤다고
오랜만에 아이들 구경한다고
혼잣말처럼 중얼거리며
아이들만 바라보네

삐알밭에 고추도
할아버지 눈시울도
붉어만 가는 마령제
서산에 노을이 질 때까지
그냥 그렇게 있었네

배재운 경남 창녕 출생. 2001년 〈전태일 문학상〉 수상했다. 경남민족문학작가회의 회원, 객토문학 동인이다.

서영숙

화기 할매

수년 째 묵혔던 무논
작년엔 마늘 심어 목이 타더니
금년엔 양파 들어 속이 새까맣다

제법 힘깨나 쓰는 농사꾼에겐
날일거리도 안되는 농사지만
홀 붙이인 화기 할매에게는
세상 모든 재미가 그 무논에 있었는데

봄여름 내 앙심 몰아가며 가꾼 양파
죽 쑤어 개 준 꼴 나자
평생 입에 대지 않았던 깡소주 병나발 불다
읍내 병원에 실려 갔다
달포 만에 돌아와서는

아무 일 없었던 듯

때늦은 모심기 하던 날
너도 나도 말렸지만
지어봤자
똥값밖에 안 되는 벼농사인줄 뻔히 알지만
그래도 논을 묵힐 수 없다며
막무가내다

밥 심

열다섯에 시집와서 일흔까지
매 끼니마다 쌀과 보리쌀을 씻어야 했다는
텔레비전 한 꼭지를 보았다
그 분의 시아버지는 아흔
지금껏 단 한번도
갓 지은 밥이 아니면 시무룩했단다
텔레비전을 보다 문득
내 결혼 이십삼 년을 생각했다
한 가정에 아내로서 어머니로서
쌀을 씻는데 얼마나 충실했던가
바쁘다고 귀찮다고
라면 먼저 끓이고 피자에 햄버그까지
사실 자장면이 훨씬 더 쉬웠던
나날,
아무리 즉석식품 웰빙이 판을 치고
쌀밥이 천덕꾸러기로 전락해도
하루 세끼 따뜻한 밥으로 아흔을 사셨던

그 분의 힘은
밥 심이 아니었을까

서영숙 수필집 『화초를 키우는 마음은 기다림이다』 등이 있다. 경남민족문학작가회의
회원, 객토문학 동인이다.

서은

나의 사랑하는 생활

토마토 15킬로 한 상자 만원
햇감자 20킬로 한 상자 만원
양파 15킬로 한 자루 7600원
예서 제서 차떼기로 싣고 다니며
목청터져라 외치는 소리

황급히 만원 한 장 들고 나가
애써 가꾼 농산물
덜렁 한 자루 받아들고 오려니
마음이 편치 않다

땡볕에 그을어 검게 탄 얼굴
푸석푸석한 머리칼
흙을 매만지느라 닳아진 손톱은
종자 값만 올린 건가

물가가 올라서
기름값이 올라서 못살겠다고
생난리지만
난리통에 죽어나가는 사람 따로 있다

농자천하지대본은 아니더라도
이 땅의 먹거리는 마지막까지 남겨 두어야 하거늘
종자를 생식불능으로 만들어
농심을 폐한 놈들
더 빼앗길 가슴도 없다

예전에도 앞으로도
그건 다 나의 사랑하는 생활이었는데

서은 아모르파티 회원으로 활동하고 있다.

서정홍

농사 일지 1

 어디로 가나 부지런하기로 소문난 철민이 형. 벼 심을 논에 벼는 심지 않고 서울 사람 피부 마사지용으로 쓴다는 오이 심고 빵에 발라 먹는 잼용으로 쓴다는 딸기 심는다. 돈도 안 되는 벼농사는 왜 하느냐고 틈만 나면 산 깎아 내려 밭 만들고, 그 밭에 사과나무 심고, 그 아래 수박 심는다. 그 많고 많은 농사일 함께 부대끼며 일하던 형수가 끝내 허리 수술하고 난 뒤, 잔손질 많은 밭농사 힘에 버거워 칠 년 만에 처음으로 논을 갈고 모를 심는다. 논농사 밭농사 과일농사 끝이 없고, 바쁜 틈틈이 가을에는 솔숲에 송이 따러, 겨울에는 도로 공사장으로, 봄이 오기 무섭게 골짝에 고로쇠물 받으러, 하루라도 쉬는 날이 없다. 쉴 수가 없다. 그렇게 뼈 빠지게 번 돈 자식농사 짓는다.

농사 일지 2

　우리 마을에서 태어나 우리 마을에서 예순 해 넘게 농사만
짓고 살아온 웃마을 어르신은 나라에서 시키는 대로 이것저
것 온갖 작물 다 심어 봐도 수지가 안 맞아, 차라리 묵혀 두
는 게 낫다고 몇 해 전부터 농사짓지 않는다. 농사 뭐 하러
지어! 막노동판 나가도 하루 삼만 원 벌고, 공공근로 나가도
하루 삼만 원 버는데, 하루 종일 허리 구부려 농사지어봤자
이삼천 원도 안 되는 농사 누가 짓겠나. 바보 등신들이나 농
사짓지. 한평생 이 정도 고생했으면 됐지 또 얼마나 고생해
야 하느냐고, 술김에 쌓인 서러움 다 풀어 놓는다. 그때마다
달빛은 왜 그리 밝은지……

주) 웃마을 어르신 : 웃마을 아가씨와 혼인했다고 붙여진 이름

서정홍 1958년 5월 5일 우리 나라에서 태어났습니다. 땀 흘려 일하면서 글쓰기에도 힘
을 기울여 1990년 제1회 '마창노련문학상', 1992년 제4회 '전태일문학상'을 받았습니다.
동시집『윗몸 일으키기』(현암사), 『우리 집 밥상』(창비), 시집『58년 개띠』(보리), 『아내
에게 미안하다』(실천문학사), 자녀교육이야기『아무리 바빠도 아버지 노릇은 해야지요』
(보리)를 펴냈습니다. 지금은 황매산 자락, 깊고도 작은 산골마을에서 농사지으며 살고
있습니다.

신은립

쌀

개방화 시대 쌀에 대해 쓰라는 부탁 받고
할 말은 많으나 술술 풀리지 않아
머리 싸매고 끙끙 앓는데
텔레비전에선
한·미 FTA 타결효과로 일자리가 늘거라 느니
사과는 관세 개방을 안 해 지킬 수 있다 느니
쌀도 큰 영향 안 받을 거라는 등
온통 자유무역시대가 활짝 열렸으니
이젠 중국과 협상 할 차례다
부아가 치밀어
마실 나서니
논 갈던 이웃
내사 마 있는 농기구에 있는 땅에 농사지어
아는 사람들캉 갈라먹을라요
머라케사도 남이 주는 밥보다 내가 지은 밥이
흔하고 배부른 법이요

나라에서 뭐라칸다고 이랬다저랬다 하기엔
내 나이가 너무 많소
쌀농사 돈벌이로 생각 안 한지 오래되었소
밀양시청에 나락부대 쌓아놓고 쌀 협상 반대
부르짖던 젊은 농민과
나락 농사짓다 몸에 병만 남은 벗 이야기
<u>쓰고 지우고 쓰고 지우다</u>
백성을 먹여 살리는 쌀은
늙은 농부의 몸이라 쓴다

신은립 2000년 『경남 작가』로 등단. 시집으로 『늦게 핀 꽃』, 『젖은 몸에서 김이 난다』
등이 있다.

양곡

쌀

우리가 우리의 노래를
힘차게 부르던 시절이 있었다
황사바람 부는 미친 봄날에도
희망의 꽃들을 땅 위로 내어보내듯
오뉴월 땡볕 아래 논바닥에 서서도
푸른 그리움의 모를 고개 빳빳하게 키워내는
고결한 정신은
노동의 신성한 땀방울로
언제나 숭고하게 영글었다 우리가
저자거리의 어느 후미진 골목에 자리할 지라도
반짝반짝 순백의 빛을 내던 시절이
우리에게도 있었다
우리의 노래를 힘차게
우리가 부르던 시절이 있었다

양곡 1959년 경남 산청출생. 1984년 개천문학 신인상 준당선. 2002년 계간 『문예운동』
봄호 신인으로 문단에 나왔다. 시집 『어떤 인연』 등이 있으며, 경남민족문학작가의 이사이다.

오인태

대춧밥을 추억함

장리쌀을 내서라도 한 집안의 자존심과
대주의 권위를 지키던 때가 있었다

온통 검은 보리쌀 가운데 묻어놓은
단 한 줌의 쌀,
들끓는 솥에서 행여 흩어질세라
고스란히 퍼 담은
대춧밥, 그 희디흰 한 그릇의

결집과 자존심,
어느 누구도 그걸 불평등이라 말한 적 없었다
짐짓 포만하신 듯
아버지는 두어 번 헛기침과 함께
반도 더 남은 밥그릇을 슬쩍 밀어놓으시는 것이었다

생각해보면,

대츳밥은 아버지의 독차지가 아니라
우리 자식들의 몫이었던 셈인데,
다시, 공평하게 나누어지던
그 한 두어 숟갈씩의 달디 단

은혜와 권위,
누가 그런 아버지의 심장에 칼을 꽂을 것이며
또한 자식을 비정하게 생매장할 것인가
대츳밥, 그 한 줌의 쌀에 대한 기억마저 기어이 잊어,
버린, 지금

이 땅의 아버지들은 몰래 비정의 칼날을 갈고
자식들은 뿔뿔이 햄버그나 마른 빵조각을 씹으며

오인태 1991년 『녹두꽃』으로 등단. 시집으로 『그곳인들 바람불지 않겠나』, 『혼자 먹는』,
『등뒤의 사랑』, 『아버지의 집』 등이 있다. 경상대학교대학원박사과정에서 문학교육을 전공
하고(교육학박사), 현재 초등학교에서 아이들을 가르치며 진주교대에 출강하고 있다. (사)
민족문학작가회의이사와 경남작가회의회장을 맡고 있다.

유동렬

수입쌀 한 톨도 이 땅에 들이지 말라

망국의 수입쌀 항구로 들어오던 날
하염없이 눈물을 흘린 농사꾼이여
짓밟힌 이 땅의 농업을 통곡하는가

부두에서 밤을 새워 눈 부릅뜨고 지킨
농민회 사람들의 투쟁은 타오르고
한 톨의 쌀도 들이지 않겠다 벼르네

빼앗긴 들에 봄날은 오지 않았어라
아 삼천만 잠들었을 때 우리는 깨어
목 놓아 외쳐 부른 노랫소리 들려라

닥쳐온 비극의 시작 앞에서 우리는
결코 식량주권을 내줄 수 없기에
끝까지 수입쌀을 막아내고 말리라

유동렬 마산출생. 무크지 『마산문화』로 등단. 시집 『내일이 당당해질 때까지』 외 등이 있다. 현재 프리랜서 작가로 활동 중이다.

이규석

홍수

비가 내린다

오뉴월 땡볕에 갈라진 논바닥처럼
바싹 타들어간 농부의 가슴
촉촉이 적실 단비인 줄 알았다

갈증 풀어줄 단비로 착각했던 비는
태평양 건너
북아메리카에서 발달한 바람을 타고
상상을 초월하는 국지성 폭우 되어
계절도 없이 계속 퍼붓는다

퍼붓는 비를 맞고
황톳물물만 울컥울컥 토하던
우리네 들판
염려했던 그 불안처럼 끝내

이 땅을 물바다로 만들 것이다

거대 자본 독점의 바다
세차게 출렁이며 흐르는
그 바다의 급물살 따라
하얀 종이배 같은 우리네 농촌
갈팡질팡 정신을 잃고 떠내려간다

보초를 서며

오늘도 보초를 나간다

어둠을 틈 타 두려움도 없이
자기 영역권처럼
논밭을 짓밟아 쑥대밭으로 만들어 놓는
주둥이가 욕심 보다 긴
제 배만 채우려는 저 잡식성 멧돼지

꽝 꽝 꽝 꽹과리를 두드리고
둥 둥 둥 북소리 울리며
야금야금 숨어드는 저놈들로부터
땀으로 가꾼 한해 농사 지키기 위해
졸린 잠을 털며 밤새워 서는 보초

자본의 힘으로
남의 밥줄 위협하는 멧돼지 꼭 빼닮은
북아메리카 코쟁이
그 큰 잡식성 주둥이도

쨍과리 북소리로
힘껏 두드려 지켜낼 수 있다면
며칠 아니 몇 달이라도
즐겁게 말뚝보초 서겠다

이규석 경남 함안 출생. 1987년 〈고주박〉 동인으로 작품 활동 시작했다. 경남민족문학
작가회의 이사, 객토문학 동인이다.

이상호

쌀밥을 앞에 두고

밥 대신 국수로
매 끼니를 때우던 시절이 있었다
기억의 한쪽에서 아득하기만 한

오늘 하얀 쌀밥 한 그릇 앞에 두고
쉽게 숟가락을 들지 못하는 것은
어릴 적 국수 가락 같은 아련함이 아니다
단지 우리 쌀이 수입쌀에 밀려난다는
아나운서의 열띤 표정 뒤에 펼쳐지는
황량한 들판 때문만도 아니다
벼농사를 포기한다는
포기 하는 것이 살길이라는
농부의 역설 때문만도 아니다

쌀밥 한 그릇 앞에 두고
가만히 내 기억을 되돌려 보지만

잃어버린 고향, 사라 진 고향을
기억해 내지 못한다는 것을 안다
막연한 두려움 따위는
잃어버린 고향을 되찾지 못한다는 것을 잘 안다
내 일상생활을 지배하는 것이
거대한 자본의 힘인 줄 안다

밀리고 밀린 힘없는 나라에서
강대국과 어깨를 나란히 할 수 없는
그 현실의 벽이라는
말장난 같은 이야기를
나는 내 아이들에게 영영 설명할 길이 없다
오늘 쌀밥 한 그릇 앞에 두고서

전쟁

총성 없는 전쟁이다
끝이 보이지 않는 전쟁
국가와 국가 간에
피비린내의 전쟁이 아니라
돈의 전쟁

자본이 핵무기 보다
더 무서운 무기가 되는 시대
국가도 국민도 어쩌지 못하는
신자유주의라는 신무기를 앞세운
강대국의 침략

WTO, IMF, FTA 이름도 생소한
21세기 최첨단의 무기를 앞세우고
선전포고도 없이 들이닥친

자급자족은 시장이 아니다
시장에 맡겨라

시장만이 만능이다
시장을 부정하는 자는
저 중세의 이단처럼
마녀사냥을 당하는

주권도
먹고 입는 것에서부터 출발한다면
이미 주권은 없다
민족도 없다
허수아비들의 천국

전쟁이 시작 된지 오래지만
총성 없는 전쟁이 시작된 지 오래지만
아무도 피부로 느끼지 않는
21세기
한반도의 남쪽

이상호 경남 창원 출생. 1999년 제11회 〈들불문학상〉 수상했다. 시집으로 『개미집』 있
으며, 경남민족문학작가회의 회원, 객토문학 동인이다.

이소리

쌀 한 톨

쌀 한 톨에
씨나락 똥구멍 간지럽히던
봄바람이 씨눈으로 잠들어 있다

쌀 한 톨에
아지메들 여윈 장단지 빨다
똥배 터져 죽은 왕거머리 우글거린다

쌀 한 톨에
메마른 하늘 두 동강 내던
날벼락이 내려치고 있다

쌀 한 톨에
훠어이 훠어이 참새 쫓다
에라이 모르겠다 주저앉은 허새비가 보인다

쌀 한 톨에

동지섣달 배불리 채우는

봄 여름 가을이 하얗게 잠들어 있다

이소리 1959년 창원 출생. 1980년 〈씨알의 소리〉에 '개마고원' '13월의 바다' 등을 발표
하면서 작품활동 시작했다. 시집 『노동의 불꽃으로』, 『바람과 깃발』 등이 있다.

이월춘

쌀詩

묵정밭 바랭이풀 사이로 해가 떴다 지고
나락 대신 심었던 알타리무 이파리
낼 아침 읍네 저자에 내다팔 걱정만큼
무성하다 풋고추 푸대처럼 후줄근한 어머니의 삼베 적삼
쌀을 버리면 못 사는 기라
못자리물에 발목 적시던 마음이라야
정갈한 밥상 받을 수 있다던 말씀 떠올리며
윤회를 믿기로 한다 이냥저냥 하다가 한 세월 보내버렸는데
논배미 너머 노곤한 들판은 텅 비어 바람만 들까불고
뎅그렁뎅그렁 저녁 예불 종소리마냥
허기진 쌀의 영혼 구부정한 쌀의 어깨는
부질없다 부질없으면 한 생이 억울해서 우쩔끼고
밤이면 밤마다 몸뚱어리 깊은 곳에서
무거운 쇳덩이처럼 낙동강이 울고
강가 모래밭을 기어 넘어 경지정리 잘 된
무논의 개구리 울음소리 가까워지면

당산나무에 걸린 오색 깃발 하염없이 펄럭이는데
아는 것도 모르는 척 한 적 없고
모르는 것도 아는 척 한 적 없었네 어머니
쌀을 버리면 못 사는 기라
나락 포기 사이사이 해가 뜨고 해가 졌네

이월춘 1957년 창원 출생. 1986년『지평』과 시집『칠판지우개를 들고』로 등단했다. 진해문협, 경남문협, 민족문학작가회의 회원이다. 시집으로『동짓달 미나리』, 『추억의 본질』, 『그늘의 힘』 등이 있으며, 진해중앙고 교사이다.

이응인

우리 안의 개들

쌀 개방만 나오면
나는 시가 안 되고
욕이 먼저 튄다.

한미 FTA.
큰아들이 밥 벌어먹는 회사
자동차를 한 대라도 더
미국에 팔기 위해서라면,
작은아들 찬란한 앞날에 걸린 한국산 반도체로
미국 시장에서 한몫 잡기 위해서라면,
늙은 부모의 쌀독은
팍싹 깨져 버려야 한단다.

쌀은 어머니의 젖이자 생명.
쌀은 상품이 아니다.
쌀은 정말

안 된다.

생명을 위해
자동차가 제 밥통을 줄이고
쌀을 위해
반도체가 허리띠를 졸라매지 않는 한
한미 FTA는
패륜이다.

제 주머니 채우는 데 목을 매는 한
큰 아들의 자동차가 든 망치는
작은아들 반도체의 뒤통수를 노릴 수밖에 없고
황금시장에 눈이 먼
작은아들 반도체의 송곳은
이 땅 허옇게 뿌리내린
늙은 부모의 심장을 겨눌 뿐이다.

한미 FTA.

어머니의 밥상은 으적으적
모래로 씹힌다.

전쟁에 미친 부시보다도
미국 무역대표부 머시기보다도
협상을 다시 해야 한다고 목을 죄는
상원인가 하원 거시기보다도
더 참을 수 없는 것.
단 사흘만 지나면
언제 그랬느냐며
부모를 팔아버린 기억조차 없는
우리 안의 개들이다.

한미 FTA는 욕이다.
쌀 개방은 치욕이다.

이응인 1987년 무크지 『전망』 5집에 시 '그대에게 편지' 외 7편을 발표하면서 등단했다. 시집으로 『어린 꽃다지를 위하여』, 『천천히 오는 기다림』 등이 있다. 현재 밀양문학회에 서 활동하고, 세종중학교에서 아이들을 가르치고 있다.

이한걸

타작, 그리고 어머니

어머니는
곱사등처럼 쪼그리고 앉아 키질을 합니다
몇날며칠 허연 등겨에 파묻혀 있습니다
허리 휘도록 물을 퍼 올려야하는 천수답
거머리에 피 빨려가며 지은 벼농사
반질반질 윤이 나는 쌀은
소작료로 갖다 바치고 괜히 나오지도 않는
가래를 캑캑 뱉으며 허탈해하는 아버지 등에
작년처럼 고봉으로 말질을 하던가요
야박하게 한 말도 안 깎아 주던가요
위로의 말인지
염장을 찌르는 넋두리인지
궁시렁, 궁시렁
싸래기 몇 됫박 얻기 위해 악착같이
키질하던 어머니, 어느덧 전설이 되었습니다

묵논

몇 년째 묵어있는 논을 둘러봅니다
이미 숲이 돼버린 잡초 앞에
울컥 분노의 눈물이 쏟아집니다
조심조심 논두렁을 걷노라니
땅 깊은 곳서 우렁찬 외침이 들려옵니다
콧김 뿜는 소의 거친 숨소리 같은
철벙거리며 소 등짝을 후려치는 호령 같은
층층을 이룬 이 논은 대대로
사람과 소가 어깨 내려앉도록 일구어 온
악랄한 일본도 어쩌지를 못했던
산업화에 밀리고
FTA 횡포에 황폐화되어가는 다랑이 논
쿵－쿵－쿵－
지축을 흔드는 무언의 저항, 교활한
외세의 침입에 소의 영혼이 몸부림칩니다

이한걸　경남신문 신춘문에 수필 당선되었다. 경남민족문학작가회의 이사이다.

정규화

쌀은 우리와 한 몸이다

쌀은 우리와 한몸이다
한국 사람은 한국 땅에서 나는 쌀을
먹고 살기를 단군 아래 이어져
쌀과 몸은 하나가 됐다

그것도 모르는 바보들은
땅 넓고 힘센 것만 믿고 계획 없는
쌀농사에 매달리더니
우리더러 그걸 사먹으라고 으름장이다

식문화마저 변한 요즘
우리 쌀도 창고에서 썩어 가는데
바보들은 힘만 내세운다

유전인자 조작되었는지도 알 수 없는 쌀을
잔류농약이 표시 되지 않은

방부제가 얼마나 들었는지 모르는 쌀을

먹고 미치든지 병들든지 죽든지
선택만 강요한다
그짓을 잠시 멈추는가 했더니
광우병으로 저린 쇠고기를 먹으라고
회유하고 협박하고 있다

우리는 우리 종자로 심고 키운 우리 것을
먹어야 살아 갈 수 있다
우리가 아는 것은 그것뿐이다

정규화(1949~2007) 1981년 『창작과 비평』으로 등단했다. 시집으로 『머슴새는 울었다』 외 다수가 있다.

정선호

출토된 쌀들 통곡하며 이르다

수천 년 동안 땅 속 묻혀 있던
탄화미들 출토되던 때*
외국에서 공부 했다는 관리들과
미국 관리들 유명 호텔에서
FTA 협상을 하고 있었다

탄화미들 수천 년 전의 햇볕과
구름과 비를 몸에 간직한 채
이 땅의 농부와 들을 지켜오는 동안
단군이 살다 죽었으며 백제의 의자왕
견훤이 쌀밥을 배불리 먹고 죽었다
고려와 조선의 왕과 관리들 또한
천한 신분의 농민들에서 걷어 간
쌀로 배불리 밥을 먹고 죽었다

예나 지금이나 농사를 짓는 이들은

뒷전으로 밀려나고
세금을 거두는 사람들 미국 관리들과
협상하여 점차적으로 미국의 쌀을
들여오기로 한 소식이 전해졌다

그 소식에 출토된 쌀들 큰 소리로 운다
다른 기후와 땅에서 나온 쌀들이
식탁에 오를 순 없으며
민족의 혼과 얼이 담긴 쌀농사를
포기하면 안 된다고 울며 이르는 소리
이 땅 모든 들녘에
가득 울려 퍼지고 있다

주) 한미 FTA 협상이 한창이던 2007년 3월말 충남 서천군에서 3,000년 전의 쌀 창고가
발견되었다.

정선호 충남 서천군 출생. 2001년 경남신문 신춘문예로 등단했다. 『시와 상상』으로 작
품 활동 시작했으며 창원대 국문과 대학원 졸업했다. 경남작가회의 회원이다.

정은호

모내기하며 부르던 노래

"모야모야 나락모야, 니 언제 커서 열매 열래, 이달 커고 저 달 커서, 칠팔월에 열매 연다, 어야디야― 어야디야― "*

뜨뜻한 쌀밥 한 그릇이 되었든, 곡간 가득 찬 쌀가마니가 되었든, 그 노래 한 자락 무논에 들어 선 희망이었거늘, 이제 들을 길 없다

한낮에 뻐꾸기소리 여전히 뻐꾹 뻐꾹 우는데, 언제부턴가 무논엔 이앙기 소리만 난다

고향 지키며 무논에 울던 개구리들 마음만은 평화로웠던 건, 옛말이다

세계화, 자유무역협정, 쌀을 포기하라, 희망을 포기하라, 어 머니 아버지 계시는 우리들 고향마저 포기하라 하네

아— 못줄 넘어간다 고함치며 듣던 그 노래, 아려만 온다
논에서 울던 뜸북새가 아려만 온다

주) 경남진주지방에 구전되는 모심기노래 일부분

쌀을 잊으면 조국을 내어주는 것

우린 쌀로 컸다 쌀로 배웠다, 조상대대로 물려받은 땅에서
거둬들인 쌀로 자랐다. 어머니 젖가슴 같은 땅, 들녘과 강이
길러 준 그 쌀로 배웠다. 쌀이 없는 들녘과 강을 안고 어디에
발을 딛고 설 것인가, 우리들 신념과 두둑한 뱃심까지 길러
준 건, 우리가 먹고 자란 우리 쌀이다, 어찌 쌀을 잊으랴, 어
찌 저 거대자본의 입속에 우리 쌀을 넣어주랴, 말이 좋아 자
유무역협정이다. 쌀을 잃으면 모든 걸 잃는 것, 생각해보라
저 일제 식민지를, 우리가 **빼앗긴** 게 쌀만 이더냐, 쌀을 잊으
면 조국을 내어주는 것

정은호 1965년 경남 진주 출생. 1999년 〈들불문학상〉으로 등단했다. 시집 『지리한 장마, 그 끝이 보이지 않는다』 등이 있다. 경남민족문학작가회의 회원, 객토문학 동인이다.

조혜영

뜬모를 하다가

산그늘 짙게 깔린
모내기 끝난 논에서
뜬모를 하다가
땅에 붙박이지 못하고
물 위에서 썩어가는 모를 본다

척박한 땅에 태어나
하루하루 사는 우리 모습이 저럴까
그들의 허기진 가슴을 떠올리며
엉덩이에 힘을 실어
한 포기 한 포기 모를 꽂는다
이 공장 저 공장 떠돌다
흔적도 없이 떠나가던 숱한
뜬모들과 그들의 밥을 생각하며
휘청거리는 모를 꽂는다

아픈 허리 잠시 펴고
뜬모처럼 정처 없이 떠도는 내가
붙박여 살다가야 할 곳은 어디일까
손톱 밑 아리게
꾹꾹 눌러 뜬모를 심는다

조혜영 1965년 충남 서산 출생. 제9회 〈전태일 문학상〉 수상했으며, 시집 『검지에 핀 꽃』 등이 있다.

표성배

지금은 누구도 쌀을 노래하지 않네

하얀 쌀밥 한 그릇
보름달처럼 환한 쌀밥 한 그릇
숟가락으로 푹푹 떠서 목구멍으로 넘겨보는 것이
소원이었던 때가 언제였던가

빌어도 빌어도 이루어질까 싶던
하얀 쌀밥 한 그릇 앞에 두고도
무슨 생각이 없네
보름달처럼 환한 쌀밥 한 그릇 앞에 두고도
소원 빌 생각이 없네

내 소원은 하늘도 땅도 아니라네
논배미 곳곳 아버지 숨결이 베인
밥 한 숟갈 먹는 것이네
내 어머니 흘린 땀으로 잘 간이 된
밥 한 숟갈 아이들에게 먹이는 것이네

하얀 쌀밥 고봉으로 받아들고
고맙습니다 하고,
다같이 절을 하는 것이네

그러나 잊혀진 소원이여!
쌀이여!
쌀밥 한 숟갈이여!
안타까워라
지금은 누구도 쌀을 노래하지 않네 *
두 손 모아 소원 같은 것 빌지 않네

언제부턴가
내 밥상머리에 번듯이 앉아
보란 듯 눈 꼬리를 치며 살살 웃는
칼로스, 칼로스 ······,
이름도 생소한 밥 한 그릇 앞에 두고
두려움도 없이 숟가락을 드네
아버지 숨결도 어머니 땀내도

잊혀진지 오래된 고향의 기억 같은
노래도 없이 숟가락을 들고
밥을 퍼네

* 『한국평화문학 3』 화남, 2006. 63쪽 김명인의 「쌀」에서 빌려 옴
* 2006년 3월 23일 새벽 미국산 수입쌀 칼로스 1천 3백 76톤을 실은 배가 부산항에
입항 함

편지

밥은 묵고 댕기나
오대 가든지 배 골지말고
요 매칠 자꾸 니가 꿈에 뵈여
영 맴이 안 잡힌다 사서
구신도 굶어 죽은 구신이 질로 불쌍타 안 카더나
기호아재 니도 알제
둘째 딸내미 몸조리 한다꼬 왔더마
큰 사구는 집에 노는 갑더라
이차매 서울 댕기로 간다 캐서 몇 자 적었다
전화를 돌릴라 카다가 회사 일에 성가실까 싶어
쌀 두 말 실어 보낸다
기호아재 만나마 머리 숙이거라
올해도 가뭄에 나락이 반쪽이다
테레비 바서 들었겠지만
맛은 좋고 돈은 싼 쌀이 들어오고
휴경지 보상이라는 구신이 들녘을 잡아먹은 지 오래다
가뭄에 견딘 것들도 태풍에 물에 잠기 삐고
기중 나은 놈이 이렇다

그나저나 너거 회사는 잘 돌아가제
문 닫는 회사도 많다는데
데모 같은 거는 생각도 말고
시상이 확 변해 삐린기라
수출이 수출이 살길이라고
어제 테레비에서 에프티에이인가 뭐신가
어려운 야그를 해 쌌더마는
맴 단단히 묵거라

표성배 경남 의령에서 태어나 1995년 제6회 〈마창노련 문학상〉으로 등단했다. 시집으로 『공장은 안녕하다』, 『개나리 꽃눈』, 『저 겨울산 너머에는』, 『아침 햇살이 그립다』 등이 있다.

황규관

진짜 별

별은 이제 대지에서 뜬다
나이 사십이 되어서야 알았으니
무지몽매한 세월이었다고
차마 누구에게 고백하랴
혼자되었다고 느껴질 때
사랑도 혁명도 다 꺼져버렸다고 자책할 때
하늘이 아니라 대지를 볼 일이다
바람과 햇볕과 적요한 논물 드는 소리와
갈라터진 손길의 반짝임을 볼 일이다
그러므로 머나 먼 희망은 개나 주어라
자동차 공장도 인공위성도
대도시의 까마득한 빌딩 숲도
이에 비하면 하찮은 남루일 뿐
헛것 혹은 기만일 뿐
별은 대지에서 뜨고
또 귀뚜리 울음소리 따라 진다

이 영겁회귀를 부르는 노래만이
흐르는 강물이 될 지언즉
가장 작은 것, 사소하고 사소한 것
개숫물에 섞여 때로는 버려지는 것
이게 진짜 별이다
끝나버린 것 같은 세상의 마지막 이념이다

황규관 1993년 전태일문학상을 수상했다. 시집으로 『철산동 우체국』, 『물은 제 길을 간다』 등이 있다.

갈무리 문학평론

1. 리얼리즘과 그 너머 : 디킨즈 소설 연구

정남영 지음

경원대 영문학과 교수로 재직중이며 문학평론가로서 활발한 비평 활동을 하고 있는 정남영이 디킨즈의 작품들에 대한 치밀한 분석을 통해 새로운 리얼리즘론의 가능성을 모색한 문학이론서이다.

2. 카이로스의 문학

조정환 지음

『노동해방문학의 논리』 이후 15년에 걸친 오랜 정치철학적 모색 끝에 펴내는 조정환의 세 번째 평론집. 문학, 지식, 문화가 자본에 실질적으로 포섭된 시대에 문학적 창조와 생성의 시간은 누구에 의해, 어떻게 열리는가를 진지하게 탐구한다. 민족문학, 민중문학, 노동문학, 노동해방문학의 삶문학으로의 재구성, 리얼리즘의 해독제로서의 버추얼리즘의 가능성에 대한 진지한 탐색을 담고 있다. 1990년대 이후 최근까지 문학장의 핵심 쟁점(리얼리즘-(포스트)모더니즘 논쟁, 분단체제 논쟁, 민족문학 논쟁, 문학권력 논쟁, 문학 위기 논쟁 등)에 대한 비판적 개입과 서정주, 김지하, 박노해, 백무산 등 한국 현대 시문학사의 거장들의 문학적 행보에 대해 예리하게 분석하고 있다.

피닉스 문예

1. 시지프의 신화일기

석제연 지음

오늘날의 한 여성이 역사와 성 차별의 상처로부터 새살을 틔우는 미래적 '신화에세이'!

2. 숭어의 꿈

김하경 지음

미끼를 물지 않는 숭어의 눈, 노동자의 눈으로 바라본 세상! 민주노조운동의 주역들과 87년 세대, 그리고 우리 시대에 사랑과 희망의 꿈을 찾는 모든 이들에게 보내는 인간 존엄의 초대장!

3. 볼프

이 헌 지음

신예 작가 이헌이 1년여에 걸친 자료 수집과 하루 12시간씩 6개월간의 집필기간, 그리고 3개월간의 퇴고 기간을 거쳐 탈고한 '내 안의 히틀러와의 투쟁'을 긴장감 있게 써내려간 첫 장편소설!

4. 길 밖의 길

백무산 지음

1980년대의 '불꽃의 시간'에서 1990년대에 '대지의 시간'으로 나아갔던 백무산 시인이 '바람의 시간'을 통해 그의 시적 발전의 제3기를 보여주는 신작 시집.

Krome …

1. 내 사랑 마창노련 상, 하

김하경 지음

마창노련은 전노협의 선봉으로서 87년 노동자 대투쟁 이후 민주노총이 건설되기까지 지난 10년 동안 민주노동운동의 발전을 이끌어 왔으며 공장의 벽을 뛰어넘는 대중투쟁과 연대투쟁을 가장 모범적으로 펼쳤던 조직이다. 이 기록은 한국 민주노동사 연구의 소중한 모범이자 치열한 보고문학이다.

2. 그대들을 희망의 이름으로 기억하리라

철도노조 KTX열차승무지부 지음 / 노동만화네트워크 그림
민족문학작가회의 자유실천위원회 엮음

KTX 승무원 노동자들이 직접 쓴 진솔하고 감동적인 글과 KTX 투쟁에 연대하는 16인의 노동시인·문인들의 글을 한 자리에 모으고, 〈노동만화네트워크〉 만화가들이 그린 수십 컷의 삽화가 승무원들의 글과 조화된 살아있는 감동 에세이!

3. 47, 그들이 온다

철도해고자원직복직투쟁위원회 지음 / 권오석, 최정희, 최정규, 도단이 그림
전국철도노동조합 엮음

2003년 6월 28일 정부의 철도 구조조정에 맞서 총파업을 하고 완강히 저항하다 해고된 철도노동자 47명, 그들이 부산에서 서울까지 순회·도보행군에 앞서 펴낸 희망의 에세이!